KB184194

개마법사 쿠키와 화요일 밤의 귀신

글 이승민 🦴

머릿속 여러 상상을 연결해서 이야기로 만드는 작업을 사랑합니다. 다양한 이야기를 많이 만들고 싶다는
생각을 늘 합니다. 지금까지 쓴 책으로 〈개마법사 쿠키와 월요일의 달리기〉, 〈개마법사 쿠키와 일요일의 돈가스〉,
〈눈 떠 보니 슈퍼히어로〉, 〈숭민이의 일기〉, 〈천하무적 개냥이 수사대〉, 〈우주 탐험단 네발로행진호〉 시리즈와
〈어쨌든 이게 바로 전설의 권법〉, 〈매일 보리와〉, 〈병구는 600살〉, 〈송현주 보러 도서관에〉,
〈지유와 비밀의 숲〉, 〈소원 코딱지를 드릴게요〉 등이 있습니다.

그림 조승연 🍗

홍익대학교에서 미술을 공부하고 프랑스에서 일러스트레이션을 공부했습니다. 지금은 어린이책 일러스트레이터로
활동하고 있습니다. 그린 책으로 〈개마법사 쿠키와 월요일의 달리기〉, 〈개마법사 쿠키와 일요일의 돈가스〉,
〈의사 어벤저스〉 시리즈와 〈방과 후 초능력 클럽〉, 〈위험한 갈매기〉, 〈도둑왕 아모세〉, 〈애완동물 키우기 대작전〉,
〈탄탄동 사거리 만복전파사〉, 〈달리는 기계, 개화차, 자전거〉, 〈땅속 괴물 몽테크리스토〉 등이 있습니다.
현재 씩씩한 부인과 장난꾸러기 딸, 새침데기 푸들 강아지와 함께 살고 있습니다.

개마법사 쿠키와 화요일 밤의 귀신

이승민 글 | 조승연 그림

글쓴이의 말

제가 어릴 때, 그러니까 3학년이나 4학년쯤일 거예요. 이상하게도 그때는 학교에서 귀신 이야기가 유행이었어요. 아파트 3층인데 창문을 누가 두드린다거나, 엘리베이터를 엄마랑 같이 탔는데 엄마가 아니었다거나, 외국에서 날아온 빨간 가면을 쓴 귀신 이야기 같은 거였어요.

그중에서 제가 제일 무서워했던 건 학교에서 나오는 귀신 이야기였어요. 학교가 깜깜할 때는 절대 학교에 가면 안 되는데, 혹시라도 해가 진 이후에 학교에 가면 귀신이 나타나서 영혼을 쏙 빼먹는다 하는 얘기였어요.

그게 진짜인지 확인해 보려고 친구들끼리 모여서 해가 지길 기다렸다가 학교 운동장으로 가기도 했어요. 건물 입구까지 갔지만 무서워서 아무도 못 들어가고 있는데, 갑자기 교실 2층 창문에서 시커먼 귀신 같은 모습이 보이는 게 아니겠어요? 그래서 괴성을 지르며 최선을 다해 도망

쳤어요. 제가 살면서 그때만큼 열심히 뛰어 본 적이 없어요. 며칠 지나서 알게 된 일이지만, 제가 봤던 귀신은 귀신이 아니고 당직(밤에 학교에서 잠을 자면서 지키는 일)을 서던 선생님이었어요.

이 기억을 토대로 이번 이야기를 구상했어요. 학교에 나타나는 귀신이 있다고 하면 귀신한테는 어떤 사연이 있을까? 하면서 말이에요. 언제나 그렇지만 이야기를 구상하고 실제로 글을 쓰는 일은 정말 행복한 일이에요. 여러분에게도 이 행복이 전달됐으면 좋겠어요!

지금도 귀신을 아주 쪼금 무서워하는

이승민

차례

개마법사 쿠키가 다시 돌아왔어요

쿠키는 간식만 보면 침을 줄줄 흘리는 평범한 강아지처럼 보이죠. 하지만 쿠키는 절대 평범하지 않아요. 오히려 정반대예요. 마법을 256가지나 쓸 수 있고, 수많은 마법 물약을 만들 수 있어요.

그래서 쿠키는 위대한 개마법사 쿠키라고 불리기도 한답니다. 빨간 고양이 강이와 함께 지내고요. 수제자 민지는 학교가 끝나면 마법 수련을 하러 찾아와요.

쿠키는 대개 개의 모습으로 지내지만, 사람들과 이야기할 때는 이순례 할머니로 변신해요. 개가 갑자기 말을 하면 사람들이 깜짝 놀라거든요.

화요일은 시장 가는 날

매주 화요일이면 쿠키는 아침 일찍 이순례 할머니
로 변신해서 전통 시장에 장을 보러 갑니다.

이순례 할머니가 시장에서 제일 먼저 간 곳은 떡볶
이집이었어요.

"일단 떡볶이 한 접시 먹고 시작해야지. 아, 벌써 침
고인다."

물론 떡볶이만 먹지 않았어요. 순대랑 튀김도 같이
먹었죠. 다 먹고 나서 시장을 돌며 먹을거리를 한가

득 샀어요. 너무 많이 사서 가방이 무거웠지만, 이순
례 할머니는 아무도 몰래 슬쩍 마법을 썼어요. 엄청
나게 무거운 물건도 깃털처럼 가벼워지게 하는 마법
이었죠.

뻥튀기를 파는 트럭 앞에 서서 쌀로 만든 뻥튀기를
골랐어요.

"이게 민지가 제일 좋아하는 간식이지."

고양이와 강아지 간식 파는 곳에서 강이에게 줄 닭
고기도 샀어요.

떡집을 지나가는데 마침 따끈따끈한 백설기가 나
왔죠.

"아, 백설기는 주이가 참 좋아하는데, 지금 막 먹으
면 맛있겠는데 너무 아깝네."

주이는 지하 세계에서 온 쿠키의 두 번째 제자예요.
원래는 쿠키 집에서 지내려고 했는데, 지하 세계에서

태어난 주이에게 밝은 햇빛은 너무 눈부셨어요. 그래
서 일주일에 한 번 수요일에만 오기로 했죠.

이상한 소문

시장을 한 바퀴 돌고 보니까 어느새 점심시간이 되었어요. 떡볶이랑 순대는 벌써 소화가 되었어요. 이순례 할머니는 시장에서 제일 좋아하는 순댓국을 먹으러 갔죠.

뜨거운 뚝배기에 펄펄 끓는 국물을 한 숟갈 떠서 후루룩 마셨어요.

"아, 언제 먹어도 진짜 맛있다!"

밥을 말아서 바닥까지 싹싹 긁어 먹고, 차가운 물을

한 컵 뚝딱 마셨어요.

식당을 나서려는데 계산대 옆에 있던 할머니가 말을 걸었어요.

"근디 그 소문 들었슈?"

"응? 무슨 소문?"

"요새 동네에 대낮이고 밤이고 귀신이 나타난다고 하던디."

이순례 할머니는 코웃음을 쳤어요.

"세상에 귀신이 어딨어. 그런 건 다 엉뚱한 걸 보고 귀신이라고 하는 거야."

"귀신 봤다는 사람이 얼매나 많은디! 특히 초등학교에서는 거의 매일 밤 나온댜."

"허허, 귀신은 무슨……."

이순례 할머니는 귀신 이야기를 가볍게 넘기고 집으로 돌아왔어요. 그런데 수제자 민지도 비슷한 얘기를 하는 게 아니겠어요?

　마법 수업을 할 때였어요. 오늘의 수업은 '기본 물약 마법' 수업이었죠. 쿠키가 만든 투명한 물약을 가지고 다니다가, 물약에 마법을 불어넣으면 그때그때 상황에 맞는 물약을 만들 수 있어요. 모두가 웃게 만드는 웃음 물약, 엄청난 댄스를 추게 하는 물약, 동물과 이야기할 수 있는 물약 등 다양하게 쓸 수 있었죠.

　민지는 연습을 하다가 문득 생각난 게 있다면서 말했어요.

　"스승님, 요새 우리 학교에서 밤마다 귀신이 나온다면서 난리예요."

　쿠키가 고개를 도리도리 저었

어요.

"이 말을 오늘 두 번이나 듣네. 귀신 같은 건 없다니까. 누가 장난치는 걸 거야."

"근데요, 스승님. 교장 선생님도 귀신은 없다면서, 밤에 학교에 일부러 갔는데 귀신을 보고 기절해서 119 구급차가 왔었대요."

"정말? 김병오 교장 선생님이?"

쿠키는 깜짝 놀랐어요. 김병오 교장 선생님과는 오래된 친구 사이인데, 교장 선생님은 장난 따위는 모르는 진짜 진지한 사람이었거든요.

쿠키는 이순례 할머니로 변신해서 교장 선생님을 찾아갔어요. 귀신에 대해 물으니 교장 선생님이 한숨을 푹 쉬고 얘기했어요.

"말도 마세요. 귀신을 보고 너무 놀라서 심장이 떨어지는 줄 알았다니까요."

교장 선생님은 이순례 할머니에게 몇 번이고, 귀신이 진짜로 있고 농담하거나 장난치는 게 아니라고 말했습니다.

그래도 이순례 할머니는 믿을 수 없었어요.

"내가 여태 살면서 이상한 거, 특이한 거, 신기한 거, 괴상한 거, 무서운 거, 웃긴 거, 슬픈 거, 괴로운 거, 즐거운 거, 징그러운 거, 감동적인 거, 화나는 거, 사랑스러운 거, 바보 같은 거, 천재적인 거, 귀여운 거, 거대한 거, 조그마한 거, 밝은 거, 어두운 거……. 온갖 거를 다 보면서 살았는데, 귀신은 본 적이 한 번도 없어. 그러니까 믿을 수 없어."

쿠키, 학교에 가다

쿠키는 해가 지고 난 뒤, 민지네 학교로 총총 달려 갔습니다.

"내가 직접 확인해 볼 거야. 귀신이라니, 말도 안 되잖아."

쿠키는 아무도 없는 학교 건물 1층을 혼자 살폈어요. 스산한 바람이 불어와서 어쩐지 으스스했지만 귀신이 나타나지는 않았죠.

1층을 다 둘러보고 2층으로 올라가려고 할 때였어

요. 쿠키가 학교로 들어왔던 방향에서 기다란 그림자 하나가 보였습니다. 쿠키는 절대 무섭지 않았지만, 발끝에서 머리끝까지 모든 털이 긴장했어요. 그림자 의 주인이 모습을 드러낼 때는, 하마터면 비명을 지 를 뻔했죠.

비명은 목구멍까지 올라왔다가 쏙 들어갔어요. 왜
냐면 그림자의 주인이 바로 민지였거든요.

"스승님, 저 왔어요!"

"엥? 너 지금 여기서 뭐 하는 거야?"

"스승님이 귀신 잡는 걸 구경하려고 왔죠. 이런 장
면을 놓칠 순 없잖아요."

"아니, 근데 너 지금은 수학 학원에 있어야 하는 시
간이잖아? 그럼 학원 땡땡이 치고 온 거야?"

민지가 머리를 긁적이며 대답했습니다.

"엄밀히 말하면 땡땡이는 아니에요."

"그럼 뭐니?"

"수학 학원에 마법으로 제 분신을 만들어 놓고 왔거든요."

쿠키가 민지를 째려봤습니다. 민지는 스승님한테 혼날까 봐 살짝 겁을 먹었죠.

"흠, 분신 마법은 잘 썼니? 분신이 이상한 소리를 한다든가, 머리에 뿔이 있다든가, 꼬리가 달렸다든가 하지는 않고?"

"이번에는 진짜 제대로 했어요. 저도 제가 진짜인지 분신인지 헷갈릴 정도라니까요."

쿠키는 민지 머리를 쓰다듬었습니다.

"그래, 그래야 내 수제자답지."

쿠키와 민지는 같이 2층으로 올라갔어요. 사실 쿠

키는 혼자 있을 때 약간 무서웠어요. 하지만 민지가 온 뒤로는 하나도 무섭지 않았습니다. 그래서 당당하게 민지보다 앞서 걸었죠.

2층을 둘러볼 때 교실 창문 하나가 아무 이유 없이 덜컹거렸어요. 3층에서는 괴상한 소리가 들렸고, 4층에서는 뒤에서 누가 자꾸 따라오는 것 같았습니다.

쿠키는 무덤덤했지만, 민지가 너무 무서워했어요. 그래서 쿠키는 이순례 할머니로 변신해서 민지 손을 꼭 잡고 같이 다녔습니다.

이순례 할머니는 1층부터 4층까지 교실을 모두 샅샅이 살폈지만, 아무것도 나타나지 않았어요. 몹시 실망했지요.

"귀신 흉내 내는 놈이 누군지 모르지만, 정체를 밝히러 왔는데 왜 안 나타나는 거야!"

민지가 말했습니다.

"귀신이 스승님이 온 걸 알아채고 겁먹은 게 아닐까요?"

이순례 할머니와 민지는 대화를 주고받으며 2층으로 내려왔습니다. 곧장 1층으로 내려가 학교 밖으로 나갈 생각이었죠.

그런데 2층 복도, 3학년 2반 교실에서 연두색 불빛이 새어 나오는 걸 발견했어요.

이순례 할머니가 말했습니다.

"연두색 불빛이라니, 너무 수상한데?"

이순례 할머니는 3학년 2반으로 저벅저벅 걸어갔어요. 3학년 2반 창문 앞에 서자…, 교실 안에 뭔가 이상한 그림자가 보였습니다. 마침 마른하늘에 번개가 내리쳐 교실 안을 밝혔죠.

등골이 오싹할 정도로 무시무시하게 생긴 귀신이었습니다. 키는 민지보다 한참 컸고, 팔이 길어서 무

룿까지 내려왔습니다.

귀신은 이순례 할머니를 보자 이상한 소리를 냈습니다.

끼이이 끼익 캬크악악!

민지는 귀신이 내는 소리를 듣자마자 온몸에 소름이 쫙 돋았습니다. 그리고 자기도 모르게 입이 크게 벌어지더니 끼악 하고 비명을 질렀죠.

실은 이순례 할머니도 소름이 돋았습니다. 그래도 침착하게 귀신을 쩌려봤습니다.

"제법 진짜처럼 보이긴 하지만……. 너의 진짜 모습을 내가 밝혀 주지."

이순례 할머니는 헛기침을 몇 번 하고, 오른손을 뻗으며 마법 주문을 외웠습니다.

크 루 컹 컹

민지가 알아들을 수 있는 말로 하면 이런 뜻이죠.

너의 정체를 드러내라!

이순례 할머니의 오른손 검지에서 마법의 빛이 뿜어져 나왔습니다. 빛은 귀신의 몸을 친친 감쌌다가 서서히 사라졌지요.

"응? 이상한데? 빛이 사라지면 귀신의 정체가 드러나야 하는데…?"

그런데 아무 일도 일어나지 않았습니다. 귀신은 연두색 눈동자로 이순례 할머니와 민지를 뚫어져라 쳐다볼 뿐이었죠.

"엥? 저놈이 나름 강력한 마법을 썼나 보군!"

이순례 할머니는 쿠키의 모습으로 되돌아갔습니다. 본래 모습을 하고 쓰는 마법이 훨씬 강력하니까요.

쿠키는 앞발을 들고 다시 한번 주문을 외웠습니다. 하지만 이번에도 귀신의 모습은 변하지 않고 그대로였습니다. 그게 무슨 뜻이냐면…….

"민지야. 저 모습은 조작해서 만든 게 아니야."

"그럼요?"

"진짜 귀신이야."

귀신이 또다시 소리를 냈습니다.

쿠키와 민지는 동시에 온몸에 소름이 돋았고, 누가
먼저랄 것도 없이 냅다 1층으로 도망갔습니다.
쿠키는 학교 밖으로 나와 한숨을 푹 쉬었습니다.

"와, 진짜 너무 깜짝 놀랐어. 세상에나, 귀신이 진짜로 있단 말이야?"

"그러니까요. 생긴 건 귀여운데, 목소리가 너무 무서워요."

"귀엽게 생겼다고? 정말? 그나저나 저 귀신은 여기에서 도대체 뭐 하는 거지?"

쿠키의 말에 민지가 뭔가 생각난 듯 말했습니다.

"생각해 보니까 귀신이 내는 소름 끼치는 소리 말이에요. 우리를 겁주려는 건 아닌 거 같았어요. 어쩌면 우리한테 무슨 말을 하려던 게 아닐까요?"

쿠키는 눈알을 이리저리 굴렸습니다.

"일리 있는 말인데? 귀신에게는 사연이 있다고 하니까 말이야. 그럼 민지가 물약 하나를 만들어 봐."

"기본 물약을 써서 '말이 통하는 물약'을 만들라는 말씀이시죠?"

쿠키는 고개를 끄덕였습니다. 민지는 망설임 없이 물약들을 섞어 만들었죠.

쿠키와 민지는 조심스럽게 학교 2층으로 다시 올라갔습니다.

말이 통하는 물약

　쿠키와 민지가 3학년 2반으로 가자 귀신은 아직 그 자리에 있었습니다. 민지는 귀신이 입을 벌리자마자 말이 통하는 물약을 귀신에게 뿌렸어요. 그러자 귀신의 킥킥대는 소리가 또박또박한 말투로 바뀌어서 들렸죠.

　"두 분은 마법사이신가요? 절 좀 도와주실 수 있으세요?"

　그 말을 듣자 쿠키의 온몸에 돋았던 소름이 한순간

에 싹 사라졌습니다. 날카롭고 무섭게 보이던 귀신의 얼굴이 왠지 슬퍼 보였죠.

쿠키가 말했습니다.

"도와달라고? 무슨 일인데?"

"우리 막냇동생이 갑자기 사라졌거든요. 이 학교에서 사라졌는데, 어디에 있는지 도무지 찾을 수가 없어요."

"이 학교에서? 원래 학교에서 계속 귀신으로 살았던 거야?"

귀신은 고개를 가로저으며 사연을 말했습니다.

"제 이름은 웅우이고요. 저는 귀신이 아니에요. 하도 사람들이 우리 가족을 보면 귀신이라고 놀라고 울고 무서워해서 사람들과 만나지 않는 곳에서 살죠.

우리 가족이 항상 지켜야 하는 딱 한 가지 원칙이 있
어요."

쿠키가 짐작했습니다.

"음, 그 원칙이 사람들을 만나지 말자는 건가?"

"맞아요. 그런데 막내가 너무 사람들이 보고 싶다면서, 사람 친구를 사귀겠다고 집을 뛰쳐나가더니 이 학교로 왔거든요. 제가 뒤늦게 알고 따라왔지만, 어디에서도 찾을 수가 없어요."

민지가 뭔가 떠오른 듯 소리쳤습니다.

"아! 처음에 소문난 귀신은 키가 웅우처럼 크지 않았어요. 그럼 그 귀신이 동생이구나."

"제 동생 이름은 훌루예요. 그리고 훌루와 나는 귀신이 아니라니까요."

"아, 미안해요."

쿠키가 웅우에게 물었습니다.

"훌루가 어디로 갔을지 짐작되는 건 없고?"

"그걸 모르겠어요. 막내가 사라진 것만 알아요. 저도 사람들을 보는 게 무섭지만, 동생을 찾아야 하니까 낮에 학교 바깥으로 나가기도 했어요."

"그래서 순댓국집 할망구가 대낮에 귀신이 나타났다는 얘기를 한 거구먼."

웅우가 쿠키에게 정중하게 부탁했습니다.

"막내에게 무슨 일이 생긴 건 아닐까 걱정이 많이

돼요. 혹시 마법사님이 도와주실 수 없을까요?"

쿠키는 1초도 망설이지 않고 대답했습니다.

"당연히 도와줄 수 있지."

"정말요? 고맙습니다. 제가 이 은혜는 꼭 보답할게
요."

"그건 훌루를 찾은 다음에 얘기하자고. 혹시 훌루
의 냄새가 배어 있는 물건이 있어? 아무리 작은 거라
도 상관없어."

"음, 이런 것도 괜찮을까요? 훌루가 항상 잘 때 품에
끼고 자는 물건이에요. "

웅우는 교실 쓰레기통에 숨겨 둔 가방에서 작은 나
무 인형을 꺼냈습니다.

쿠키는 나무 인형 가까이에 코를 바싹 대고 킁킁 냄
새를 맡았습니다.

"이 정도면 충분해."

쿠키는 킁킁 냄새를 맡으면서 엉덩이를 씰룩씰룩 움직였습니다. 그리고 주문을 외웠죠.

크루루 카악 커억 활왈왈

민지가 알아들을 수 있는 말로 하면 '나의 개코야, 마법의 개코가 되어라.'였습니다. 그래서 이 주문의 이름은 '마법의 개코'였죠.

쿠키가 말했습니다.

"마법의 개코는 냄새의 주인이 아무리 멀리 떨어져 있어도, 냄새로 추적할 수 있는 마법이야."

쿠키는 갑자기 고개를 이리저리 돌리며 킁킁 냄새를 맡았습니다.

"그런데 교실 밖 복도에서 훌루의 냄새가 아주 진하게 풍기는데. 이거 뭐지?"

쿠키는 얼른 뒷문으로 달려가 손잡이를 이빨로 물

어서 열었습니다.

  바깥에서 양복을 입은 사람 몇 명을 봤죠. 그다음에
쿠키가 기억하는 풍경은 없었습니다.

  무슨 일인지 모르지만 쿠키는 누군가에게 공격을
당해 기절했거든요.

진실만 말하는 물약

쿠키가 정신을 차렸습니다. 무슨 상황인지 파악하려고 사방을 두리번거렸죠. 그런데 몸을 옴짝달싹할 수가 없었습니다. 눈앞에는 창살 같은 게 있었죠.

"아니, 이거 뭐야. 나 지금 갇힌 거야?"

쿠키는 아주 좁은 케이지 안에 있었습니다. 퍼뜩 민지랑 웅우가 떠올랐습니다.

"민지야, 웅우야. 무사히 잘 있니?"

쿠키가 혼잣말을 했는데, 바로 옆에서 민지가 대답

했습니다.

"저랑 웅우, 여기 있어요! 잘 있는 건 아니지만요."

쿠키가 반가움 반 걱정 반으로 인사를 하려 할 때였습니다. 양복을 입은 사람이 케이지를 쾅쾅 내리치며 소리쳤습니다.

"조용히 해!"

그리고 바로 옆에 있는 동료와 함께 낄낄대며 말했습니다.

"귀신을 또 잡은 것도 모자라서 말하는 개까지 잡았잖아. 대장님이 너무 좋아할 거 같아."

"근데 저 꼬마는 어떻게 해야 하지? 우리는 사람을 잡지 않잖아?"

"일단 대장님한테 데려가자고. 방법을 알려주시겠지."

쿠키는 이 말을 듣고 추리했습니다. 귀신을 또 잡았다는 걸 보니, 웅우의 동생 훌루를 이들이 잡아간 게 분명했습니다. 그리고 대장에게 간다고 하니까 가만히 케이지 안에 갇혀 있으면 이 악당들의 본부로 갈 수 있을 것 같았죠. 쿠키는 거기에서 모조리 물리치고 훌루를 구하는 계획을 생각했습니다.

하지만 쿠키는 곧 고개를 세차게 가로저었습니다.

"하지만 이런 좁은 케이지 안에 갇혀서 가는 건, 개 마법사의 자존심이 허락하지 않지!"

쿠키는 앞발을 까딱하여 케이지의 잠금장치를 간단하게 풀었습니다.

"아니, 뭐야. 갑자기 저 개가 왜 밖으로 나왔어?"

양복 입은 남자 한 명이 소리치며 쿠키를 잡으러 왔어요.

쿠키는 두 발로 일어선 다음, 엉덩이를 왼쪽으로 두 번 실룩, 오른쪽으로 두 번 실룩, 고개를 한 번 까딱했어요. 쿠키의 오른쪽 앞발에 마법의 지휘봉이 생겼습니다.

크루우 컹컹 왈왈 멍멍 쿠왁

민지가 알아들을 수 있는 말로 하면 '내 지휘대로 춤춰라!'라는 뜻입니다.

쿠키가 마법의 지휘봉으로 지휘할 때마다 양복 입은 남자 둘이 춤을 췄습니다.

"이거 뭐야? 왜 이래?"

두 사람은 요상하고 괴상하고 망측한 춤을 추다가 서로 쿵하고 부딪히기도 했습니다. 그러다 점점 계속 부딪히고, 서로 때리기도 하고, 다리를 걸며 넘어뜨리기도 했죠.

쿠키가 지휘한 지 3분도 채 지나지 않아, 양복 입은 두 남자는 기절해서 바닥에 쓰러졌습니다.

쿠키가 얼른 민지와 웅우를 케이지에서 풀어 줬죠.

웅우가 깜짝 놀라 말했습니다.

"쿠키 님은 엄청난 마법사였군요!"

민지가 대신 대답했죠.

"우리 스승님은 그냥 마법사가 아니야. 위대한 개 마법사라고!"

쿠키와 민지는 쓰러진 두 남자의 팔과 다리를 밧줄로 꽁꽁 묶었습니다. 그리고 깨어나길 기다렸다가 대장이 기다리고 있는 본부가 어디냐고 물었습니다. 그곳에 홀루가 있을 테니까요.

"그건 절대 말해줄 수 없다!"

"무슨 짓을 해도 우리 입은 굳게 닫혀 있을 거야!"

쿠키가 코를 날름 핥으며 말했습니다.

"과연 그럴까? 민지야, 기본 물약 활용법을 다 기억하니?"

"그럼요! 이럴 때 쓰는 물약을 벌써 생각해 뒀어요. '진실만 말하는 물약'을 만들 거예요."

민지가 물약을 만들어서 뿌리자, 두 남자는 본부가 어디인지 술술 불었습니다. 숲속 깊숙한 계곡에 있는 버려진 연구소였죠.

마법 두더지 슬리키

쿠키는 연구소 문 앞에 섰습니다. 오는 길에 양복 입은 두 남자에게서 연구소에 대해 들었죠. 이 조직은 대장 한 명과 부하 12명이 있었습니다. 쿠키가 두 명은 벌써 잡았죠.

"우리는 '비밀의 사냥꾼'들이지. 세상의 독특한 생물을 잡아다가 아주 비싼 값에 전시회를 열 거야."

민지가 깜짝 놀라 소리쳤습니다.

"그럼 훌루도 전시를 하려고 한 거야?"

"훌루? 우리가 잡은 귀신을 말하는 건가?"

웅우가 대답했어요.

"훌루랑 나는 귀신이 아니야."

"귀신이든 아니든 상관없어. 희귀할수록 인기가 아주 많으니까."

그 말에 쿠키와 민지와 웅우는 서둘러 연구소 앞으로 왔습니다.

민지가 쿠키에게 물었습니다.

"스승님, '비밀의 사냥꾼'에게서 훌루를 구출할 계획이 있으세요?"

"아니, 그런 거 없어. 간단한 주문 하나면 돼."

쿠키가 주문을 외우자 쿠키의 이마가 마치 다이아몬드처럼 반짝였습니다.

"이 주문의 이름은 '마법의 돌대가리'란다."

쿠키는 있는 힘껏 연구소 문으로 달려가 마법의 돌

대가리로 문을 들이받았습니다. 문은 엄청난 굉음과
함께 산산조각이 났죠.

　연구소 벽면에는 크고 작은 철장이 빼곡히 늘어서
있었습니다. 그 안에는 쿠키도 처음 보는 신기한 생
물들이 갇혀 있었죠. 그중에 웅우의 동생 훌루도 있

었습니다. 웅우는 훌루를 보자마자 우우웅우웅우우우 하고 울었습니다. 훌루도 같이 울었죠.

"아무 잘못 없는 생물을 잡아다가 돈벌이에 쓰다니……. 이건 절대 용서 못해."

개마법사 쿠키가 두 발로 서서 앞발에 힘을 꽉 줬습니다. 엄청나게 심각한 표정을 하고, 브레이크 댄스를 추기 시작했습니다.

큰 소란에 달려온 남자가 쿠키를 보고 비웃었죠.

"아니, 도대체 이 못생긴 개는 뭐야?"

"으잉? 내가 얼마나 귀엽게 생겼는데!"

쿠키가 어깨를 끌어올리며 외쳤습니다. 그 순간 쿠키 등 뒤로 물줄기가 치솟더니, 엄청난 파도가 우르르 몰려온 '비밀의 사냥꾼'들을 덮쳤습니다.

악당들은 거센 파도 속에서 헤엄치려고 애썼지만, 그저 허우적댈 수밖에 없었습니다. 쿠키가 마법을 멈췄을 때, 악당 10명은 온몸이 흠뻑 젖은 채 기절했죠.

쿠키가 숨을 한 번 내뱉고 네 발로 총총 뛰어가 민지에게 말했습니다.

"민지야, 얼른 갇혀 있는 생물들을 풀어 주자."

"네! 스승님."

민지가 힘차게 대답하고 달려가려는데, 이상하게 몸이 꼼짝도 하지 않았습니다. 마치 마법에 걸려서 몸이 굳은 것 같았죠.

"스승님, 저… 제 몸이 지금 좀 이상한데요?"

민지 뒤편에서 깔깔대는 소리가 들렸습니다.

"어떤 간 큰 놈이 내 사업을 방해하는가 했더니, 개 멍청이 쿠키랑 그 제자란 말이야?"

투명 마법으로 몸을 숨기고 있던 누군가가 서서히 자기 모습을 드러냈습니다. 키는 민지보다 머리통 다섯 개는 더 있을 만큼 컸고, 덩치가 어마어마했습니다.

얼굴에는 수염이 가득해서 어디까지가 머리인지, 어디서부터 수염인지 구분할 수 없었죠. 왼쪽 뺨에는 기다란 흉터가 있어서, 인상이 엄청 험악했습니다.

쿠키는 그를 보자마자 얼굴을 팍 구겼습니다.

"마법 두더지 김종수……. 네 성격이 별로인 건 알았지만, 이런 악독한 짓까지 할 줄은 몰랐다."

김종수가 버럭 화를 냈습니다.

"뭐야. 내가 너보다 50살이나 많은데, 왜 반말이야?"

"존경 받길 원하면, 이런 짓은 하지 말아야지. 도대체 이런 짓은 왜 하는 거야?"

김종수가 낄낄대며 웃었습니다.

"왜 하냐고? 그걸 말이라고 해? 당연히 돈을 벌려고 하는 거지. 내가 오랫동안 살아 보니, 돈이 최고야."

쿠키는 민지에게 걸린 마법을 풀어 줬습니다. 민지

는 얼른 쿠키 옆에 쪼그리고 앉아 물었죠.

"스승님. 저 사람 아는 사람이에요?"

"응, 알지. 지금부터 딱 100년 전에 만났거든. 그때도 못된 짓을 하고 있었어. 대낮에 사람들 얼굴을 까만 구름으로 뒤덮는 마법을 쓴 다음, 귀중품을 훔쳐 달아났지. 지금은 생물을 납치해서 돈을 벌려고 하다니…. 그동안 더 나쁜 악당이 되었구나."

"아우, 진짜 나쁜 사람이네요. 그럼 이제 저 사람을 어떻게 하실 거예요?"

민지의 말에 김종수가 헛웃음을 쳤습니다.

"네 이름이 민지라고 했냐? 민지가 아직 모르는 게 하나 있는데…, 100년 전에 쿠키가 날 잡겠다고 왔다가 어떻게 됐는지 한번 물어봐라. 어떻게 처참하게 졌는지 말이야. 으하하하."

민지가 깜짝 놀라며 쿠키를 바라봤습니다. 위대한

개마법사 쿠키가 누군가에게 진 적이 있다는 걸 믿을
수 없었어요. 하지만 쿠키의 표정을 보니 김종수의
말이 사실이라는 걸 알 수 있었습니다.

"그땐 그랬지……."

김종수는 갑자기 웃음을 멈추고 쿠키를 노려봤습
니다.

"100년 전에 그렇게 혼나고도 또 나타나서 내 사업
을 방해하다니, 그 용기는 내가 칭찬해 주마."

쿠키는 혀를 내밀어 코를 핥고 말했습니다.

"이런 나쁜 짓을 사업이라니!"

"사업이 아니면 뭐야? 아무도 모르는 세상의 신기한 생물들을 찾아내고, 내 능력껏 잡아다 엄청난 돈을 버는데!"

"그래, 그 좋은 능력을 올바르게 썼다면 좋았을 텐데…. 엄밀히 말하면 이 악랄한 범죄 조직의 대장이 김종수, 너인 줄은 모르고 왔다. 여기 와서 알게 된 거지."

김종수가 다시 껄껄 웃었습니다.

"그래? 몰라서 왔다면 이럴 수 있지. 그럼 내가 아량을 베풀어 줄게. 지금이라도 그냥 돌아가면 없었던 일로 해 주마."

"음, 그럴 수는 없지. 이런 나쁜 범죄를 보고도 모른 척할 수는 없는 거야."

김종수는 쿠키의 말에 인상을 팍 썼습니다.

"그럼 네가 또다시 나에게 덤비겠다는 거냐?"

김종수는 원래 모습인 두더지로 돌아갔습니다. 이 악랄한 마법 두더지의 본래 이름은 슬리키입니다.

슬리키는 콧바람을 이상하게 내쉬었습니다. 쿠쿠 후훅 크아악 하며 콧바람을 들이키거나 내쉬었죠. 이게 바로 마법 두더지 슬리키가 주문을 외우는 방식이었습니다.

슬리키가 주문을 다 외우자, 노란색 불길이 슬리키의 몸을 휘감았습니다.

"이 모습을 100년 만에 보는 소감이 어떠냐?"

슬리키가 뜨거운 열기를 펄펄 내뿜으며 말했습니다. 그 모습을 지켜보던 쿠키는 가만히 있고, 쿠키 옆에 있던 민지가 고개를 갸우뚱했습니다.

"스승님."

"그래. 민지야."

"엄청… 강해 보이지… 않는데요?"

그 말을 들은 슬리키가 어이없다는 듯 코웃음 치더니 두 발로 일어섰습니다.

"허! 배짱이 좋구나. 어디 별로 안 세 보이는 내 공격을 받아 봐라."

슬리키는 앞발로 뜨거운 불줄기를 쏘았습니다. 철이 녹을 정도로 뜨거운 불줄기였죠.

쿠키는 발바닥을 들어 주문도 외우지 않고 가볍게 공격을 막아냈습니다.

"민지야, 저 정도면 아주 강력한 마법사란다. 네가 내 마법을 자주 봐서, 저게 약한 것처럼 보이는 거야."

"그래도 스승님을 이겼다기에, 엄청나게 긴장했거든요."

"지난 100년 동안 나는 마법 수련에만 집중했단다. 저놈은 나쁜 범죄를 저지르면서 돈을 벌 궁리만 하고 산 듯하구나. 100년 전에는 나보다 강한 마법사였는데……. 지금도 위험하긴 마찬가지지만, 실력은 100년 전에 멈춰 있는 듯하구나."

슬리키가 화가 잔뜩 나서 소리쳤습니다.

"뭐가 어쩌고 어째? 내 실력이 100년 전에 멈춰 있다고? 별 볼 일 없다고?"

슬리키가 두 손에 마력을 잔뜩 모아 쿠키와 민지의 머리 위에서 날카로운 얼음 비가 쏟아지게 했습니다.

동시에 독 구름을 만들어 질식시키려 했죠.

쿠키는 서둘러 방어 마법을 펼쳤습니다. 100년 전 실력이라고 하지만 위험했어요. 쿠키 수염 끝에 땀방울이 방울방울 맺혔지요.

슬리키가 킥 웃으며 말했습니다.

"내 실력이 별 볼 일 없다고 하지 않았나? 이 정도 공격에 쩔쩔매는 거야?"

쿠키가 눈알을 이리저리 굴리면서 어쩔 수 없다는 듯 말했습니다.

"그래. 별 볼 일 없다는 말은 취소. 그렇다고 나보다 강하다는 건 아니야."

쿠키는 슬리키의 혀를 100kg로 만드는 마법으로, 슬리키가 주문을 외우지 못하게 했습니다. 슬리키는 무거워진 혓바닥을 쭉 내민 채 버럭버럭 화를 내다가, 곧 쿠키의 마법을 풀어냈습니다.

"흥, 여전히 자질구레한 마법뿐이군. 이런 걸로 날 이길 수 있을 것 같으냐?"

슬리키가 어둠의 에너지를 모아 천 개의 화살을 날렸습니다. 쿠키가 커다란 마법 방패를 만들어 화살을 막았죠. 그런데 999번째 화살과 1000번째 화살이 방패를 뚫고 들어와서 하마터면 민지가 화살에 맞을 뻔했어요.

슬리키는 쿠기가 반격할 기회를 주지 않았습니다. 마법 미로를 만들어서 쿠키와 민지를 가둔 다음, 미로 속으로 커다란 돌덩이를 굴렸죠. 좁은 길목에는 번개가 내리치도록 했고요.

이번에도 쿠키와 민지는 아슬아슬하게 공격을 피했습니다.

"그래. 아직 쓰러지지 않는 걸 보니 조금 강해지긴 한 모양이구나. 하지만 언제까지 버틸 수 있을까?"

슬리키는 태풍보다 강력한 바람을 만들고, 그 바람에 날카로운 모래를 날렸습니다. 쿠키는 얼른 동그란 방어막을 만들고, 그 안에 민지와 함께 숨었습니다.

민지가 걱정스러운 말투로 물었어요.

"스승님, 슬리키가 생각보다 너무 강한 거 아니에요? 이제 어떻게 해야 하죠?"

거센 모래바람에 슬리키의 모습이 보이지 않자, 쿠키는 민지를 보며 씩 웃었습니다.

"어? 스승님. 그 웃음은? 계획이 있는 거예요?"

"그럼 그럼. 나에게는 언제나 계획이 있단다. 민지야, 슬리키를 보렴. 강력한 마법을 쓰지?"

"맞아요. 너무 강해서 무시무시해요."

"그래. 슬리키의 마법은 항상 이런 식이었어. 단숨에 상대를 짓밟고 쓰러뜨리려고 했지."

"저는 저런 마법사가 되고 싶지 않아요. 절대로!"

"옳은 생각이야. 민지야. 이제부터 잘 보렴. 승부란 눈앞에 보이는 게 다가 아니란다."

항복! 항복!

슬리키는 쿠키보다 50년이나 나이가 많았고, 쿠키보다 50년이나 먼저 마법사가 됐습니다. 성격이 악독하고, 다른 이를 배려할 줄 몰라서 '악랄한 두더지 마법사'라는 별명이 있었죠.

아무도 슬리키 앞에서 대들지 못했습니다. 위대한 개마법사 쿠키도 완벽하게 이겼으니까요.

100년이 지난 지금도 슬리키의 마법은 강력했습니다. 자신의 마력을 절반이나 써서 일으킨 모래바람은 아주 무시무시했습니다. 슬리키는 곧 쿠키가 쓰러져 목숨만은 살려달라고 애원할 거라 생각했습니다.

하지만 어쩐 일인지 거친 모래바람이 서서히 잦아드는 것 같았어요. 얼마 뒤 멀쩡하게 서 있는 쿠키와 민지를 보고 깜짝 놀랐지요.

"허! 수련을 많이 하긴 했나 보군. 좋아, 그럼 내 필살기를 받아 봐라!"

슬리키는 또다시 자신의 남은 마력을 써서 빛처럼 빠르게 날아가는 마법 창을 준비했습니다.

"이 마법 창을 받아 내는 사람을 본 적이 없지!"

슬리키가 온힘을 다해 마법 창을 날렸습니다.

쿠키가 두 주먹을 불끈 쥐더니 소리쳤지요.

"흠, 가볍게 받을 순 없겠군!"

쿠키가 마법을 외웠습니다. 그러자 꼭 쥔 두 주먹에서 땀처럼 기름방울이 뚝뚝 떨어졌어요. 슬리키의 마법 창이 쿠키의 코앞까지 날아왔을 때였습니다. 쿠키가 주먹 쥔 두 손을 활짝 펼치고 내뻗었어요. 그러자 마법 창은 쿠키의 손바닥에서 미끄러져 엉뚱한 방향으로 날아갔습니다.

슬리키는 마법 공격을 너무 쉽게 막아 내는 쿠키를 보면서 충격에 빠졌습니다. 마력을 몽땅 쏟아 내 공격을 한 슬리키는 뒤늦게 깨달았죠. 쿠키를 이길 수 없다는 걸요.

"이럴 수가……. 내가, 내가 이길 수가 없다니! 오늘의 치욕은 잊지 않겠다. 내가 꼭 복수하러 널 찾아가마."

슬리키는 이제 도망가려고 했습니다. 하지만 쿠키는 슬리키가 도망가도록 그냥 두지 않았습니다.

"이상하지 않아? 내가 왜 여태 방어만 했는지 말이야?"

슬리키는 당황해서 두 눈만 크게 뜨고 바라볼 뿐이었습니다. 그러자 쿠키 대신 민지가 웃으며 말했죠.

"우리 스승님이 이제 너보다 훨씬 강하지만, 네가 도망치면 쫓아가기 쉽지 않으니까, 그래서 네가 도망갈 마력도 안 남을 때까지 힘을 뺀 거지롱."

그제야 슬리키는 속았다는 걸 깨달았습니다. 눈치를 보다 남은 힘을 다해 내달렸습니다. 하지만 쿠키가 순식간에 슬리키 앞을 가로막았죠.

"어딜 도망가. 아직 갈 때가 아니야."

쿠키는 슬리키 정수리 위에 비구름을 만들어 눈을 못 뜰 정도로 비가 오게 하고, 마법 거미줄을 쏘아서 온몸을 칭칭 휘감고, 바닥에 끈적 폭탄을 터뜨려서 제대로 걷지 못하게 하고, 지독한 양파 냄새를 맡게 해서 눈물이 줄줄 흐르게 만들고, 작은 태양을 만들어서 끊임없이 땀을 흘리게 하고……, 슬리키가 도망

갈 힘조차 없을 때까지 쫓다가 놓아주기를 반복했습
니다.

결국 슬리키가 자리에 주저앉았습니다.

"아, 항복! 항복! 내가 졌다. 이제 그만해!"

쿠키가 숨을 길게 내뱉으며 말했습니다.

"너에게 줄 마법이 하나 더 남았다."

ㅋㅋ랑 ㅋ와 컹컹 으르렁 왈왈

두더지 슬리키는 멍하니 쿠키를 바라만 봤습니다.
쿠키의 주문은 이런 뜻이었죠.

영원히 평범한 인간의 모습으로 살아라!

슬리키는 자기 의지와 상관없이 김종수로 변신했습
니다.

그리고 마력이 아예 사라졌다는 것도 깨달았죠.

"악! 말도 안 돼!"

김종수는 비명을 지르며 연구소 밖으로 달려 나갔습니다. 달리기 마법을 쓰지 못해 숨을 헐떡였죠. 그런 김종수를 쿠키는 가만히 내버려 뒀습니다. 연구소 바깥에 김종수를 기다리는 이들이 있었거든요.

어느새 변신한 이순례 할머니 옆으로 민지가 쪼르르 달려왔습니다.

"스승님 말대로 112에 신고했어요!"

듬직한 경찰관이 김종수의 손을 뒤로 해서 수갑을 채웠습니다. 김종수는 경찰관을 보며 은밀하게 말했어요.

악!

"내가 돈을 주지! 밤낮 범인을 쫓아다니며 살지 않아도 될 만큼 아주 큰 돈을 주겠어? 어때? 부자가 될 생각만 해도 기분이 좋지 않아?"

경찰관은 한숨을 푹 쉬며 대답했습니다.

"네, 아주 기분이 좋아요."

"그렇지? 그러니까 얼른 나를 풀어 줘."

"잘못 알았어요. 내가 기분이 좋은 건 당신처럼 못된 범인을 잡았기 때문이에요."

얼굴을 일그러뜨린 김종수가 경찰차에 타기 직전

이었어요.

이순례 할머니가 다가가 귓속말로 속삭였어요.

"나쁜 짓을 저질렀으면 죗값을 받아야지. 두더지로 있으면 감옥에 갈 수 없으니까, 내가 사람으로 만들어 줬어."

쿠키와 민지는 떠나가는 경찰차를 보면서 손을 흔들었습니다. 그리고 연구소에 갇혀 있던 생물들을 모두 풀어 줬죠. 웅우는 막내 동생 홀루와 껴안고 한참을 울었습니다.

저녁 식사 초대

다음 날, 웅우가 쿠키와 민지를 집으로 초대했습니다.

"동생을 찾고 위험에서 구해 주셨잖아요. 꼭 우리 집에 초대해서 저녁 식사를 대접하고 싶어요."

정확히 저녁 6시에 쿠키의 집으로 웅우가 왔습니다.

민지가 물었습니다.

"웅우야, 너네 집은 어디야?"

"우리 집은 다른 세상에 있어."

그리고 웅우가 스마트폰 같은 작은 기계를 꺼내 버튼을 누르자 하얀빛으로 빛나는 문이 나타났습니다. 웅우가 문을 열자 문 밖에는 다른 세상이 있었죠.

쿠키가 입을 떡 벌리며 침을 질질 흘렸습니다.

"와, 이런 게 있다는 건 처음 봤어. 역시 오래 살았다고, 많이 안다고 자만하면 안 된다니까. 세상에는 신기한 게 너무 많아."

웅우네 가족은 엄마, 아빠, 할머니, 할아버지, 증조할머니, 증조할아버지, 큰형, 둘째 형, 셋째 형, 큰누나, 둘째 누나, 셋째 누나에 막내 흘루까지 대가족이었습니다.

모두가 쿠키와 민지에게 고맙다는 말을 전했습니다. 그리고 준비한 음식을 내왔죠. 잔뜩, 잔뜩요!

쿠키와 민지는 배가 빵빵할 때까지 먹고 웃고 떠들

다 집으로 돌아왔습니다.

　쿠키는 잠들기 전에 그간 있었던 일을 생각하고는 웃었습니다.

　"아, 보람찬 나날이었어!"

에필로그

개마법사 쿠키의 이번 이야기는 여기까지입니다.

물론 개마법사 쿠키의 이야기는 계속 이어질 거예요.

살짝만 이야기를 들려줄게요.

어느 날, 쿠키가 갑자기 사라졌어요. 며칠째 사라져서 민지가 고양이 강이 밥을 주러 매일 들러야 했죠.

무슨 일이 일어난 걸까요?

 어린이책 31

개마법사 쿠키와 화요일 밤의 귀신

펴낸날 초판 1쇄 발행 2024년 10월 31일

글쓴이 이승민 | **그린이** 조승연
편집 박종진 | **디자인** 이상원 | **홍보마케팅** 이귀애 이민정 | **관리** 최지은 강민정
펴낸이 최진 | **펴낸곳** 천개의바람 | **등록** 제406-2011-000013호 | **주소** 서울시 영등포구 양평로 157, 1406호
전화 02-6953-5243(영업), 070-4837-0995(편집) | **팩스** 031-622-9413

ⓒ이승민·조승연, 2024 | ISBN 979-11-6573-581-4 73810

* 이 책은 저작권법에 따라 보호받는 저작물이므로 무단전재와 무단복제를 금지하며,
  이 책 내용의 전부 또는 일부를 이용하려면 반드시 저작권자와 천개의바람의 서면 동의를 받아야 합니다.

* 잘못 만든 책은 구입하신 서점에서 바꾸어 드립니다. 천개의바람은 환경을 위해 콩기름 잉크를 사용합니다.
* 종이에 베이거나 긁히지 않도록 조심하세요. 책 모서리가 날카로우니 던지거나 떨어뜨리지 마세요.

제조자 천개의바람 **제조국** 대한민국 **사용연령** 8세 이상